# 赤脚的少女

李雨桑 著

海峡出版发行集团 | 海峡文艺出版社

## 图书在版编目(CIP)数据

赤脚的少女/李雨桑著. —福州:海峡文艺出版社,2024.1
ISBN 978-7-5550-3584-8

Ⅰ.①赤… Ⅱ.①李… Ⅲ.①诗歌－中国－当代 Ⅳ.①I227

中国国家版本馆 CIP 数据核字(2023)第 252185 号

## 赤脚的少女

李雨桑　著

| | |
|---|---|
| 出 版 人 | 林　滨 |
| 责任编辑 | 蓝铃松 |
| 编辑助理 | 吴飏茉 |
| 出版发行 | 海峡文艺出版社 |
| 经　　销 | 福建新华发行(集团)有限责任公司 |
| 社　　址 | 福州市东水路 76 号 14 层 |
| 发 行 部 | 0591－87536797 |
| 印　　刷 | 福州力人彩印有限公司 |
| 厂　　址 | 福州市晋安区新店镇健康村西庄 580 号 9 栋 |
| 开　　本 | 889 毫米×1194 毫米　1/32 |
| 字　　数 | 100 千字 |
| 印　　张 | 6.25 |
| 版　　次 | 2024 年 1 月第 1 版 |
| 印　　次 | 2024 年 1 月第 1 次印刷 |
| 书　　号 | ISBN 978-7-5550-3584-8 |
| 定　　价 | 48.00 元 |

如发现印装质量问题,请寄承印厂调换

笔名羽商，青年诗人，福建武平人，2000年出生于福建福州，在《台港文学选刊》《福建文学》《青年博览》《东方文学》《海峡诗人》《海峡姐妹》《闽南风》《泉州文学》《福州日报》《闽南日报》等报刊发表诗作多篇。

**作者画像**（刘伟泽 画）

　　当我以这残破之翼飞舞到世间的时候，看见了漫天的碎光和人们轻柔的谈吐。这些，也许就是我所看见的诗的意象。

# 诗 心 如 火

林秀美

初识雨桑，就和宋代邓深《晚春》中的"雨催柔绿上桑枝"的诗句联系在一起，觉得这个名字很有诗意。后来知道雨桑写现代诗，笔名叫羽商，一下子想起古代五音——"宫商角徵羽"。这富有音乐性的笔名，恰巧切合了诗歌的音乐性。再后来，她准备出版一本诗集，请我写一些文字，我这才发现，这两三年雨桑的诗歌创作收获不小，已在省内的十几家报刊上发表了一批批现代诗作，让人欣喜。

读雨桑的这批诗作，字里行间都有鲜明的主体（"我"）意识。《尧典》有云："诗言志。"《庄子》有载："诗以道志。"在中国的诗歌发展历程中，无论是古典诗歌，还是现代诗歌，"我"的主体地位难以撼动。在诗集中，"我"的存在俯拾皆是。诗人几乎都在"我"的主体站位上，构建与异性、母亲、时间、自然物象等的表达关系。比如，与书名同题的作品《赤脚的少女》中，表现主体的"我"对客体的她（赤脚的少女、爱丽丝、你）的情感变化。这种

*1*

关系的情感表达还体现在《寄予》《归暮》等诗作中。

对于一个年轻的诗人来说，面对生活的不同镜像时，有时选择激荡波澜，有时则潜藏与压低内心的声音，都是值得肯定的。因为这是真实的青春力量在爆发，在成长，也在触动着我们。因为这是一个年轻人，努力以诗歌的方式找寻、记录、思索、回应自己之于生活的追求。因为这些都是个体生命情感特质的真切承载。面对这些情感时，雨桑以其良好的文学敏感度，从结构、节奏等层次把握住了作品情感变化的律动。

比如，在《赤脚的少女》这首诗中，诗人以年轻人的视角，依次表现了"我的心却已经稀碎"、"射杀我吧，我的爱丽丝"、"我跪在一片灿烂里"三种不同心理的变化，即明知不可能的痛苦、大胆表白时的激动、释怀后的幸福，层层递进。而这三种心理的推进，不仅呈现出"次弱—强—弱"内在变化的节奏感，而且借助"我"对客体（她）的称呼，展示了"显性—半隐性—隐性"的多个情感维度感。在远望的轮廓中心生爱意，于是她是赤脚的少女。当现实无法企及时，唯有用激扬的声音说出对她的情愫，唤她"我的爱丽丝"。可她真叫爱丽丝？我想这未必，但在很多对话的语境里，"我的爱丽丝"就有"我喜欢你"的暗示。而时光终究要收回一切，当她"容颜镜碎"时，爱在扩大，"每一片反射我的影子"；爱在升华，"我跪在一片灿烂里"。这爱，是融入和释怀的幸福，是纯洁的致意。一言蔽之，全诗热烈而虔诚地表达了自己对爱情的渴求与理解。其实，当我们面对这种人类的永恒主题时，心海何尝不会风云多变呢？

诗歌是古老的语言艺术。诺贝尔文学奖得主、波兰诗人辛波斯卡曾说："在诗歌语言中，每一个词语都被权衡，绝无寻常或正常之物。"其实，在古代重要文论《文心雕龙》中就有关于文字运用的重要性的论述，如"捶字坚而难移动，结响凝而不滞"，"句有可削，足见其疏；字不得减，乃知其密"。在中国古典诗歌的创作中，对炼字锻句的经典指认，贾岛的"两句三年得，一吟双泪流"耳熟能详。而现代诗歌中，也有词语陌生化等说法和运用。从这些生发去，对语言的驾驭是检验一位诗人的标准之一，换言之，好的诗人都对语言有追求。

在雨桑的这本诗集里，我也读到了她对诗歌语言努力地进行尝试。比如，《宁静》的结尾："一切就像有了颜色／请灼伤我的瞳孔／让光明永远留存在我心底"；再如，"我只要那眼神——／我住在其中"（《归暮》），"或许只有遗忘黑夜／才有向阳生长"（《时光琴曲——致母亲》），"若艺术诞生于痛苦／沐浴血液的花朵／那是玫瑰／奖赏你的荒谬"（《尘舞》），"我爱你所有的／并不是你展现的"（《寄予》），等等。读着这些或执着或深情或有哲思的句子，心神仿佛也随之浮沉。我想这就是语言创造出来的磁场，或者如希尼比喻诗歌时说的"一个门槛，让人不断接近又不断离开"。

诗心如火，照路，暖心，引万物生长。期待雨桑在更丰富多元的诗歌艺术里，拥抱更多的创作题材，孜孜不倦地锤炼思想和语言艺术，创作出更多的好作品！

（作者系福建省文联党组成员、书记处书记、专职副主席，福建省作家协会副主席）

# 自　序

这是一场雨的交响曲，

好像大家都沉寂，

而你正好站在人群的荒野中。

你站在人群的荒野中，独自淋雨。

当你回头看见我，我像受惊错愕的小兽，但仍把手中的伞递给你。

也许有一天你会知道，这是我独为你谱写的乐曲。

亲爱的读者，您好。我第一次写诗时，没想到它能被人看见。

回想那时，在飘着薄雾的山林里，我听见不远处低沉的梵音，便默默提笔涂鸦；在大庙山上，我藏在校园一处不起眼的角落——那里有树木和石桌石凳——我坐在那里哭泣，不禁又以笔倾诉。

其实，我总喜欢在一个人时调整情绪，独自咀嚼伤痛。我难以想象有一天会想暴露自己的心事，以一种全然接受、全然理解的姿态。我同样渴望了解别人的灵魂。我好奇，大家的灵魂都是同样的材质做的吗？它有胖瘦之别，还是有善恶之分？它的质感，是冷或是暖的，是柔软可爱，还是坚硬且带着倒刺的？我会与它发生关联吗？我无从得知。

自小我便比周围人更加迟钝。同龄人都懂的事情，我需要迟个好几年才能明白少许。大家都确认的东西，我总是先否认，最后才迫不得已把自己拉回正轨。

当我以这残破之翼飞舞到世间的时候，看见了漫天的碎光和人们轻柔的谈吐。这些，也许就是我所看见的诗的意象。

这本诗集，是我自 2022 年以来记录下的灵感。

最开始，我偶然在网络上看见廖伟棠先生的组诗《末世吟》："大雪落在 / 我锈迹斑斑的气管和肺叶上，/ 说吧：今夜，我的嗓音是一列被截停的火车，/ 你的名字是俄罗斯漫长的国境线。"这段文字直击我的灵魂，作为回应，很快我便写下了人生中的第一首现代诗《赤脚的少女》。

随后，很奇妙，我不时会打开手机里的笔记本软件，写下一些不明所以的文字。

这些诗歌记录了我挣扎时、幸福时的感受和思考。我想要表达"幸福—低谷—挣扎—幸福"的循环。当我脑海里出现奇幻迷离的灵感时，我知道我需要休息一下了——因为那是我规避痛苦的方式。

诗集分为四辑：第一辑收录了已经发表的诗；第二辑是对一些具有画面感的灵感的描绘；第三辑表达了我寄出的思念；第四辑是表达行迹烟尘的人生期许。

2023 年 11 月

# 目　录

**第一辑　一曲浮歌**

*1*

## 第二辑　绮丽随想

## 第三辑　半纸书笺

**第四辑　倾倾何愿**

目
录

第一辑

一曲浮歌

## 赤脚的少女

赤脚的少女，掀起窗帘
午后的羊群踏满星屑
她只是轻轻地望着
我的心却已经稀碎

射杀我吧，我的爱丽丝
痕迹化为天边的云
漫长的边境线
钢琴家遗落的手稿

你的容颜镜碎
每一片反射我的影子
午后的白炽灯光，飞舞的尘屑
我跪在一片灿烂里

2022 年 5 月 28 日

# 宁　静

所有这些日子

只是想让我

轻轻地吹灭

蜡烛的灯火


半空的礼花

炫目的烟火

恍惚的雨滴齐聚此刻

绽出初春的笑颜


就算所有这样的时光都逝去了

我也无悔


一切就像有了颜色

请灼伤我的瞳孔

让光明永远留存在我心底

2022 年 6 月 6 日

# 尘　舞

虚空浩浩
自然母亲摇着摇篮
那摇篮中的是我
那时我不知草木的绿
不知自己可以长出双腿
可以扇动双翼飞行

我是天地间的一首哀叙
哀叹躬耕田间的黎明
当你无可言说
请记得那摇篮
那支摇篮曲

我的手托着天地
阖眸轻喃
若艺术诞生于痛苦
沐浴血液的花朵
那是玫瑰
奖赏你的荒谬

当你在微光下舞蹈

唯有纤尘

纤尘，会点入你的眼睛

遥遥无期的旅途

把人间的哀叙诉予繁茂

在阳光的朗照下，生息

2022 年 8 月 1 日

# 雨　　落

海浪没过脚踝
你任它层层叠叠
没过腰肢
仍然一动不动

痛苦之手伸向你
合上眼眸，下坠
越过梦境的边际
无声之海昭告你的出现

只是
你的侧脸
飘落在水面的碎花
为何如此悲伤？

白河载舟
歌满行路
你握着烟花
燃尽了温柔

抓不住了

时光的尾巴

你停在时间的角落

永远对我微笑

2022 年 6 月 6 日

# 流　波

想念海的喟叹

浪涛托起我的手掌

广袤中的一泓

连为不绝的脉搏


云脚近了

蹩浪排排向天

细沙碎银装饰你的美

仿佛触碰海的心脏


我听见巨龙飞掠山岳

浪沫如枪戟翻滚

鹬鸟拾起余波

尾随不灭的涛流


映天的虹霓浮波

我的手是融入浪流的弓

眺望东南

仿佛千年等候

2022 年 8 月 10 日

# 寄　予

正如一片完美的雪花

你走入我的生活

眼眸盛满笑意

还有温热紧握的手


面罩下的不可知

阻隔频频回望的我


指尖透过了阳光

比翼鸟同归故里

在这个夏夜，雨下得紧了

湿冷路灯下

回荡着我盛大的告白


就像鸟儿憩于枝头

树也温柔了

"我在轻吻你啊，

你知不知道？"


我爱你所有的

并不是你展现的

像微风一样

落叶落在你的嘴唇

你会看见我，盛满笑意地

站在你跟前

2022 年 6 月 6 日

11

## 金色山河

黄昏的母亲淘洗着稻米
星辉隐藏在地底
车流是城市的脉搏
孩童尖叫着跑过丛林


青山巍巍
江河浩浩
世界像一颗苹果核
夜晚伴着橘子安眠


小小的蝶，皱皱的翅膀
蛹中沉睡，沉睡
有一天它破开了壳
管窥美丽的山河


点，颤，转，撇
金色在指尖流动
我观万里疆土
以渺小之姿共鸣


正午的阳光，低垂的暮

夜间的灯火，还有融融暖语

一切笼罩在金色里

灵魂般的光华熠熠生辉


我有我深耕的母亲

滴水渗透于心

谁是最美的表达

山河予我安宁

2023 年 2 月 24 日

# 夏

夏日的闷热

摇曳着冲向天上

雪糕滴落

响彻蝉鸣


积了青苔的泳池浮满水黾

掠过在墙边翻涌的热浪

猫尾巴慵懒地打着节拍

孩童尖叫着跑过草丛


书声潺潺，飞往未来

汗水滴在不知名的地方

辛苦而甘甜

望窗外

已是盛夏

2022 年 6 月 20 日

## 梦醒之间

斗鱼在我的手中飞舞

天际有蝶划空而过

我的眼睛是多瑙河畔的光晕

旋转而上的阶梯

水族馆蓝色的少女轻触水底

太空舱内有课桌在飘舞

水中的气泡是我的脾脏

小行星上少女持枪对峙

紫色眼眸在深空幽幽注视

红色的行星沿着海岸线与月亮追逐


我坠入梦境。


是盛夏入夜的幽想

倒立的现实

床之下是我的梦之城

头顶风扇在无休止地旋转

冗长的音调

我没入人海，我在呐喊

没有声响。人们匆匆地走

有双温热的手抚摸我的脸

橙色倒灌进我的现实

今夜的绮想拉着这双手坠入海底

我又会梦见谁?


我睁开眼睛。

2022 年 8 月 22 日

# 行　僧

泼洒紫色星沫

错绽羽翅

瀑发的长生种

饮泉霜露

偈语随钟声敲响


无心指摘

回路牵引

踏末晚枝

休听得骨髓回荡


笃定的灰

纯色的白

你吞吐两靥

纯白的花在你嘴中雾化

雾里看花


空闲的时间之河

冲刷

背上担子

装着晨曦和晚暮的豆粒

吹奏，吹奏

弥望群山之巅

纵情歌唱

2023 年 1 月 12 日

## 随　感

不要有太多幻想

不要有梦想

当你脚下踩着碎花

记得放声歌唱

爱会转移，你不会


你在孤城断垣下弹着吉他歌唱

不知过了多久

多少年，多少时间

我失望了

低头望着来路


纸花铺满地

现在只想用一颗星子点燃

我爬过远山，梦过大海

近处一席话

胜过千思万想


低垂吧，无梦之人

今日是你在欢唱

我没有灵魂

我没有鲜花

我只是想倾听圣音

只是想……

2022 年 9 月 16 日

# 自　称

轻悄的猫步沉溺在黑夜里

我求，求，求

逃不脱一个手掌的距离


拉开窗帘

夕暮的橙充溢房间

仿佛找回了高天，我的童年

麦田的溢光漫延连接上每个孤屿

我只求它流离我的心田

我镶入钻石

折射出整片星辰

这是我第一次使用满当的自称

白麟的毛暖烘烘的

我祈求一片安田

书本的房屋

有光照入眼底

我第一次庆幸在原地

长出一片麦田

悲伤呼啸而过

可以预见

我牵起你的手

奔赴明天

2022 年 9 月 27 日

# 寄　语

我期待我的老去

在静谧的书房

在生命的末尾

静静地看了然的红尘和一无所知的宇宙

时间静静流转

且看我沉静的眼

看我的脸皱起像老树的枝丫和根系

看我苍老的手从容翻动书页

我祈求一种生命的苍劲

让我老去仍然不悔

我祈求一种灵魂的纯净

它透过污浊而没有一丝忤逆

让我许以生命的一种最初

让我眼镜的反光里

映着一种金色木棉的飘落

我不敢怀抱的

都成为雪花飘絮

孩子啊，你何时肯抬起双眼

挺起胸脯

不要怕你虚幻的自卑

生命自予你一种勇气

这是苍老的我愿对你说的

时光荏苒

有你满足的有你失去的

我轻轻抚摩你光滑的脸颊

看见你尚且纯净的眼

不要害怕

你会好好地长大

2023 年 4 月 5 日

## 蒙　花

可我忘不了那片荒野

我忘不掉那深渊

忘不了覆盖坚冰的刻像

那沉落的锚


如若夏虫

哀伏于冬

睫眉落雪

唇鼻血红

总有浅蓝

是何人的眸

总有青黛

是山的墨染

试问谁能定义

那山流河泊？

世人哪有不孤独

有人抗争

有人逐流

唯独看不见蒙眼的我

委身在机械的动物中

看见赛博佛


若有一日我归于人海

有没有一种光芒可以铭记我

一个任性反骨的小孩

有一种诗可以抹杀我


但我不会自轻

触摸溪流

会在时间中渐渐消却自我

等待有一天

有一种圆满的自称

拥抱我

2023 年 3 月 5 日

# 知　风

堕落天边的彩虹

霜华落在我的眉间

手掌轻轻托起雪

阳春的喧哗惊起末子

胃烟眉处处怜

旧日的翻篇

承托我的臂膀

待你睁开眼

是满目霜雪

我知道

天堂深入地狱的门

何处的天使在这里垂泪

物质的繁重褪去

我会爱上你的眼

廉价的爱会刻下印记

但仍向往你抱紧我

把我的刺折断

我迷茫

是否在湿冷的土地

望见你的唇

被毛玻璃隔开了身形

荒唐戏剧的舞蹈

内心的华彩是无人观照

却留袅袅禅心明灭

我瓶装完美的壳子

洒落一地碎屑像童年的八音盒

若是将双眼蒙蔽

也听不见真理的话语


又何必


有晨曦和晚暮与我为友

有书页和雨林与我做伴

有可爱笑容的孩子

我放你走

什么时候敲碎身体

让你看一看我

我不是路边的花草

等待清晨

却抓着浮名不放

在黑暗中惋惜

若有
一丝风
能够将我带离
我愿意
在此苏醒

2023 年 4 月 22 日

第一辑 一曲浮歌

# 寻　歌

唱给你听的末世之吟

海中朦胧的光影

嗓音破败在松树林

今夜你的歌声被血水染红

你听见了少女峰上的牛铃

截停在柜台前

寻圣的歌途

你的脚底舞出了血

你说今夜是世界降下的灭旨

我偷了歌的圣洁

在破败的夜里残喘

草木编成的戒指

你说人生是一列游记

诗会送你去远方

世界的神秘拥抱你

瞪圆的双眼，迎着风

那人手攥钢笔为你写第一封信……

是否为我而歌？

日夜不分的疯狂

那是在我出生前的夏日

早已有细线连接我的目光

阳光告昭着我的无罪

泪水却凝满肩头

是世界在歌唱

我丢弃思绪

在春天拥抱的熏风下

2022 年 8 月 27 日

# 时光琴曲

——致母亲

"咔嚓"

定格下时光的瞬间

外界的啸响在耳边谱曲


"活在当下吧"

放缓脚步

远离纷扰

心中

有永驻的一隅


永恒的侧脸

阳光普照蘖芽

像蛰伏在枝干中的舞者

黑白间淌出不朽的诗篇


岁月飞逝

时间雕琢指节的起伏

在生活的舞台上旋舞

低声言语

任凭岁月黯然流淌

"一切都会好的"
每个期盼朗照的黎明
每个幽深难眠的夜晚
是脸上无言的红妆

有永远向阳光微笑的枝丫
也有终会凋零的枝叶
不紧不慢
不慌不忙
或许只有遗忘黑夜
才有向阳生长

守护着家的一角
日夜匆忙
这一切不会磨损你年轻时的阳光

生活的琴曲
在指尖永远奏响

2022 年 8 月 29 日

# 羊羔的目光

我触到
羊羔的目光
假意理解
圆规画着线
秋天是一道风
催熟灯笼果
蜗居在巨人体内
众多射线，聚焦在身上

我看到
羊羔的目光
看到你悲剧的身体
崩解你的思想
街边漫出的吆喝
融化入夜的第一份秋意

我像失意的旅人
看到羊羔的目光
不纯的光，让我疼痛
却不知那是悲剧
笑声中被摧毁

抓不住空灵的思想

自嘲地走向
羊羔的目光
甚至没有刹那
被喜剧推入谷底
抑扬顿挫
封杀我的阳光

2022 年 9 月 4 日

# 归　暮

是繁华的街景
灰色的暮
亮起暖灯
相别之后

我好像握住了蝶
又好像确定
没有结果的交错也是幸福
不需要特定的结果
我只要那眼神——
我住在其中

彻想在酒吧灯红的光下
我们手里的威士忌碰杯
我满眼是你
渴望住在海底

在深夜的车站
没有代入的剧情
缓缓亮起
是故人的身影

我在那里看见千姿百态的你

有一个会牵我的手

带我归去


你是天边泛起的白光

我是灰色的暮

相隔整个世界

又亲密切肤


有两粒滚珠

轻轻落在你额间

来

我带你归家

2022 年 10 月 2 日

## 无心之辞

未曾料想

林间的鹿

会长成参天大树

你撑起雨伞

为我遮蔽

落的雨


灵鸦陷落

孤独横亘的星绕着艳阳旋转

在凄蓝的深海里

鲸鲨亲吻余波

海底微弱的光线

被蜇刺缠绕

有密集的蜉蝣


山间有流岚相绕

吐出猩红的辞

灵雨踏河

残存荒谬的鳍


我知道，我知道

我要卸下我的脊柱

把你环绕

把你窒息的吐气

换作我的衣装

充满谎的伤


我们如今同坐一片屋檐下

沉默带走了黑色的蒸汽

我们相视一笑


无碍

不过将来

2023 年 1 月 16 日

# 灼

挣扎向上爬着阶梯

活在恒温的室内

是腐朽

是被催生的成长


握不住手中的沙子

渴望能被温柔的目光注视

流转间却看见被撤销的笼子

高天的温暖


我衷心感谢命运

是真诚的目光引来的救赎

让我在黑暗的河上漂流

有舟载着我横渡


万物皆空

却如此温暖

真知灼言躺在我的手上

却终被忘却


如果我闭上眼睛

我听不见山的风

却能看见散言下的谬误和水面的影子


一切是那么空洞

我捂住耳朵，轻轻坐下

任谬误落下，流淌

自有道心明灭

2023 年 2 月 24 日

# 喃　语

一本书

拆吃入腹

鎏金的血

饴如蜜糖


在盛夏的花园

用冰棒解决你的不安

蝴蝶弯弯绕

相机底片留着你的侧脸


我说我想成为影子

你说你想默默守护

可为什么如此遥远

像我握不住的蝶


想带你看繁华万世

饮山珍海泉

你在我思想里下了锚

追忆会逆着波涛


只想有一天，我们的手牵着

阳光却没有末路

送你回家

你会发现我已消失

消失在你生命里


我愿无疾而终

抛开诸世砝码

把你拥入怀中

2022 年 9 月 30 日

第二辑

绮丽随想

# 告 春

树林开始沸腾了

小鹿转而抬起头

苍焰灭了

万物升腾旋转

告春于蜕变

什么也没有变

却能扬起微笑了

需要血液支撑的假面

仍在微笑着

却已不疼了

轻轻地眺望

边境线的火车已经无踪

我却还没到站

2023 年 2 月 9 日

# 洋　　流

风灌入我的耳朵

谁捧着灯站在风中

明月幽深

暖风在我心中

将欲望的流败

归入深井

我歌岁月流逝

却将真心遗失在大海

我追，追，追

忘记了天空

2023 年 2 月 24 日

# 醉　　醒

轻轻的摇篮装着孩子跋山涉水

怀里装着的是期望还是绝望

她轻轻掂量

无机质的电子的网中

勒住谁的呼吸

弥望的是了然


请缓慢地杀死我

沉入晶莹的海底

若软弱终成束缚

何不挣脱怒涛

将黑暗放逐


我醉在浓情的酒

溺死在人潮洪流

碎片在努力打破

谁知道，欢愉

惹的疼痛


一串气泡，它轻轻浮出水面

当梦醒来，才知道荒谬

光明它环绕我如同流潮定影

我悲同谁的诗

捞一壶浊水作酒


醉醒谁的荒谬

把迷蒙的意识倒进荒野

用光了力气

幻想谁人守候

旅人醒来，一切如故

她行如狼匹了

错把万世遗留


海末的雏菊

被诗葬入地底

为谁守候

为谁停留

2023 年 9 月 12 日

# 将　近

天边染上暮色

指尖轻轻触碰蝴蝶

是梦

我歌的畅欢

仅在一瞬

涂画纸上的潦草

僵硬地，呆呆地

歌唱

我狂乱起舞，狂乱歌唱

薄暮仿佛永远在等候我

逐渐僵化

鸟喙，喉咙

散乱的光

只求一夜安眠

放生我的梦

2022 年 10 月 9 日

# 歌　华

鸟雀越过黑白界限

招着手张扬

充溢的尘光

向你介绍盛夏


抛却钢琴的柔情

扇动双翼飞行

傍晚夜空下的赛博瞳孔

跨过了歌的尽头


追逐，追逐，追逐

闪电同光，澎湃

韶光倾华怅胸臆

我请求雪青的淡然


腐朽的旧城该没入海底

成为历史

画纸的稀薄

不再谱写出明天

2023 年 3 月 28 日

# 海　墨

闭上眼沉入地心

黑洞在我脑中缓缓旋转

我的手伸出水面

被海草向下拉扯

有没有可能我捞的月

在海底


汗湿黏腻

缓缓葬入地心

劣质的油墨滴

代替海的呼吸上升

如果我们在海底

能否不被洋流冲走


碎金镶在绿叶

她举着伞走动

数十年的记忆浮上水面

弥合的细胞膜

把月亮包裹


而当海面暴风肆虐

把浮藻打碎

把渔船拍落

把泪水灌进

把荒原淹没


悄悄睁开眼睛

发现她在静静绽放

太阳在地平线变为异化的几何

灭掉地上的烟，携着罐头出征

向海，向迷茫

向遗憾终去

2023 年 8 月 31 日

# 悠　　响

我偏要挖出灵魂里的词句

为绝路而歌

凡此种种，凡此欲情

皆刻我背


我那亲爱的缪斯

与我旋转离合


我偏要撕扯绝望

流离在交集的视线

谁能注意到我的垂目

在展望

在展望啊


终究在最高点下落

飘进鸦羽

小声，注意听

她在歌唱

2023 年 2 月 24 日

# 行　　路

世俗烦忧

我迷茫中知晓

人们抱着恐惧生活

寻求开悟

行万里路


独我庸人自扰

听凭心引

荒莽中斩棘

银河高挂

笑我痴愚


人来人往

看不见我满身星光

蓝鲸哀鸣

寂静深海

得知音三两


袅袅炊烟

无处归乡

万千纷扰穿透我

凝为珠泪

洋洒成诗

2022 年 10 月 27 日

第二辑 绮丽随想

# 荒　火

丢弃了烟蒂

放下斥诉的潮流

天光闪烁

纠缠紫色的晚云


红色的伞

澄黄的广告牌

下雨的街道

休憩的水果摊


行于人世

叠在报纸和碎绒下的安心

晨间的光萦绕一块碎玻璃

是行者的警笛


我仿佛背上山脉

山下郁郁葱葱

强颜的微笑

仿佛深海鲸落


放下心中的晚云

明日太阳会照样升起

我踩碎的火花

燃于琐碎的天际

2022 年 12 月 16 日

# 逆　流

烟花绽开后

追忆是波涛

流向如今的我

朦胧的金色

象征奔跑的你

我希望能留住

但在浪流里

你沉沦，沉沦

忘记了金色

你早已听不见笑语

裹起兽绒

向命运反击吧

有我为你带路

铺设破碎的彩

2022 年 11 月 14 日

# 井

红尘漂浮

戏如人生

无知者无畏

不知者不知

我就像个笑话

在红尘里摇摆

触了龙的逆鳞

全凭一腔孤勇

心头的昂扬

在紧缚的网里挣扎

难觅知音

了却我

把我打入地里

无知，无奈

却仍有芽萌蘖

把我拉出井里

2023 年 2 月 24 日

# 阳　　春

假如明天

我就会消失

那行走在时针尖端的人啊

将会落下


坠入十字路口

坠入红绿霓虹

坠入雪白试卷

坠入荒唐时间


能否睁开眼睛

看见车尾灯照耀下的水族箱

在雪地里拖行

在繁华中绝望


回忆着粉红的笑脸

向望着迷茫

向着田野

向着老去


抹去一切存在过的痕迹

在人群中哭泣

是我太过笨拙

太过小心翼翼


那梦中的花田

那飘荡的恒星

是我抹不去的荒谬

是记刻疼痛的勋章


觥筹交错间

阳光却慢慢升起来了

饮入苦酒

闭上沉重的眼睛


恍惚间是春阳朗照

浇灌心田

摘下我的面具

踽踽独行


等待一束花的落地

以及温暖一片田的秋

等待幼鸟啾鸣

齿轮滚动

失而复得的我

理清嗓喉

等待伤痛远去

2023 年 8 月 8 日

# 新　　雨

艳阳里的星星

在隐退

哀歌银色的星星

降下金针

无情怀里的诗歌

蹂躏着四下的雨夜

揉展的枝条经过雨

终错折了枝叶

我们坐在银河的歌里

经过我的邀请

四下飘雨

2023 年 2 月 22 日

# 华　　庭

鬼火悠悠

悠悠

死亡和碎彩

闪在白骨的高点

你的眸分明是珍珠

轻悄的风是你的低语吗

已经消失的你的吻

在我的胸膛作伥

轻吻你的眼球

滴落浓稠的泪

在大理石板上起舞

旋转吧，旋转

忘却落雪的银河

我非要挖出灵魂的词句

为烦琐而歌

却捞来满怀的空

忘却于无人之境

2023 年 3 月 9 日

# 骨　花

没有伴侣的花

枯败生长

凝着泪的海妖

角笛鸣响

漫步田野长出花朵

星落九霄

艰难困苦地生存

在口中绽放

悲野的歌

纵舞凌乱

无心之过

无力回天

卑微的身躯痉挛

黄土掩掩，只余沉默

与其攥紧，不如放下

哪记了你的名字

冥冥如花

2023 年 1 月 12 日

## 疑　问

我是坠坠沉落的诗人
使星辰糜烂，使泥土朽烂
低迷的语
邀请你加入荒诞的舞曲
邀请你同我到世俗之中
那漫不经心的雨滴

斩落蛇园的果
终坠入凡尘
润红展翼的花朵
镜般变迁
早已被春初的绚烂迷惑
将你的笑吻入口中
有一个华丽的囚笼
欲脱欲房

疑问
询问乏味的伴侣
没有天堂等待
却也不愿并红
勉强拼凑出来

扎根泥土的花朵

看我，看我


将粉碎的眼泪收敛

仍然坚持的荒谬

把自由还给大地

将明日升起

不恕的红

2023 年 5 月 25 日

69

# 失　落

嘶吼的离别

动荡的朔风

搅动涡流沧海的震颤

无心之过


缠绕脊柱的弯梁

随手摘下花朵

告别漆黑的梦夜


完美的人是幻影

损失无几


注定的失去

不是因为宿命

是因为有花飘落

浅然笑意的泯灭

污秽破声而出的孤勇


唯有风来

才能安葬

2022 年 12 月 12 日

# 俗　篇

空把樱花漂浮

虚拟数据海中，忍把双眸空夺

那意象中的樱花

凝视狼眸

众翼飞过

你的吻没有余热残留


空流我的血

空把青松悲切

明明虚无缥缈

却像银河独舟

飞鸟飞过，残翼停留


我读不懂你的眼眸

了然刹那欢爱

却把才华揉碎

为你铺路

我在道路尽头张开双臂

拥抱无形的你

没有人为你停留

却有风声四起

来糅入我的血液

亲吻我的眸

却把沙尘吹尽

来把余世残留

那轻轻的灵魂

糅进你的笑

纸张末篇

却有伊人等候

2023 年 1 月 31 日

# 春

顺流而下

当沉落了天边的虹彩

你亲手让我坠落

我得不到的虹


深渊的黑白线条

谱写的失败

没有落点的未来

小提琴混合着舞曲

荒唐的春

2023 年 6 月 6 日

## 碎　篇

那就将我遗弃在
阳春三月的青翠中
嫩黄枝叶的绿
吞噬热褪的银
握紧手中的意义

宇宙的紫
像虫洞吞噬
追忆那一抹绿
何时挣扎上岸
我挣脱了羽毛笔

印象的光色
萨克斯的迷醉
倒转了天堂与地狱
坠入洋流

我看见你
你的执着、挣扎、理性、谎言、热情与冷寂
已经化为洋流

自我的幻觉永不消逝

却字字明晰

2023 年 7 月 18 日

# 空　境

我心绽放

哭疼的树

灿烂舞者的流云金鱼

卑微云底的哀歌

是谁在窥探？

心戚赴宴

胜似万里长河

无人聆听

唯缺一壶浊酒

思念里的锚

黑色恐怖的话语

击落白色雾霾

蓝色喜鹊哑鸣

思索之间

懊悔

2022 年 11 月 8 日

# 山　岳

生命从最低微的角落破声而出

会越过山脉，在山顶回响

飞越山脉的鹰啊

是否忘掉迷蒙

生命像舞者的双脚

无可比拟


我想收敛远方的枫叶

折过山脚

在最低微的心里，种下波痕

我迷蒙的主啊

请收起最金黄的战果

我会轻侧着脸

踩着浮萍

随即沉没


我不是纯金的圣柄

是肉体凡胎的活人

在我尸骨无存的刹那

有什么定夺我的意义？

活生生解剖

却只能看见我跳动的心

那是假的

装满卑微、污水、忏悔和迷茫


我的低吼从最低微的角落被析出

会越过山顶回荡

肉食的诱惑

会长存我心

我是低微的，不被解放的蝶

2022 年 11 月 4 日

# 腐　烂

鸿鹄雁过

无人的河滩

你立在风里

堆满沙粒


你仗辽阔的翅膀

笼我于温暖的帷幔

诗歌死了

你轻喃

失去支撑的手

垂落在山里

泪里

正视平凡

垂落于群山之巅

泣在群山里

2023 年 2 月 7 日

# 烟　尘

有落幕的微光

时钟有节奏地下坠

青春的纸团散落一地

那里有我不堪的轨迹


像一局败棋

极尽挣扎

却挣不脱命运的铁网

我能踏着轻快的小曲在雨天里起舞

我能在极致阴郁里破开最真诚的假象

却逃不过命运的狙击


垂目满地手稿

再不敢宣称鲜明的旗帜

我是残缺断翼的鸟

却渴望反击


墨水倒灌入湖海

江河不复往日

凝结爬上我的血液

墨色染上我的脖颈

我坐在河岸

愿与你畅叙一曲

那往日如歌

却不愿落俗


狂乱的舞

一切羽化消失

唯留我心

是血

2022 年 9 月 21 日

# 察　觉

快要爆炸的热情

困扰思绪

悠尝凡世波流

焚了信

瓶装大脑

挣扎痛苦的反骨

终究为虚荣而歌

偏画出界

落在老者眼里的星星

我举着伞，隔岸凝望

2023 年 2 月 22 日

## 灰色路口

我蜷缩在光子里
那是我的星球
为什么不明白
我的灵魂像一只青鸟
吞吐着暮雾

梦里有流连的故事
没有童话可以复制
我奔走在荒谬的路上
心思微凉

如果你听到我在唱歌
请把我淹没在沙尘里
无处躲避
只有你的歌可以拉住我
让我渴望
脱离尘世

无处慌落的钟摆
降下金针
恐惧命运的无常

浸润了一个梦

让我渴望你的到来

却迷失在宇宙之网


拆下路牌

静静凝望

苦乐交错

无以回响

2023 年 2 月 24 日

第三辑

半纸书笺

# 卧

落叶逐一飘零

我码着积木在对岸搭桥

散落的人偶，五指提线

深夜的呼吸

黑暗中诀别那深渊

我没有耳朵去听也没有语句可以表述

我只是一个残缺的人偶

迫应着

栽倒在母亲的怀里

相比炎热更喜寒冷

求而不得的得而不求

希望沉浸在深空里

过一个没有人应的冬

2022 年 12 月 30 日

## 不 确 定

我满眼是金沙细尘

被剑指

我感恩地向往

被抹杀的涛流

无尽的烟


我狂啸，我宣战

面向无形之端

如翼展

抖落无助的疯狂


描绘着辽阔的图景

依旧胆战心惊

回头

望向彼岸

2023 年 2 月 9 日

## 守护的终结

看着手中固守的星光如鸟雀飞走
是时候成为沙子，是时候死亡

来一场涤荡灵魂的雨
在孤独中消亡

我　出生了
不过是悲愤的托词
闪烁的艺术在我脑中闪现
大水落下

我却终究挣扎于期待
终于等待
终于等待

正是这期望在盐湖的动荡中
顽皮地掐灭它
在挣扎的欲火

我有太多沉没的舟
我有太多不语的痛

我不喜欢无尽的诗

我要他在烟花中沉浮

在浪花中游

……

2023 年 7 月 20 日

# 慕

凯歌的萧索

旋转木马上的泰迪熊

侧脸夕晨暮染

我把嘴穿缝


列车即将到站


我卸下我的武装

揉碎了灰尘

刹那间如有生灭

行钟垂暮


红蓝路灯的交错口

错把谎言当真

请你在那时将我遗忘

忘记一个追暮的尘

2023 年 2 月 14 日

# 等

囿于方寸之间
听着失败的情歌
俯身注视镜中的自己
恨我无才

迷醉的音乐敲着佛禅
耳机掉入地心
与岩石共鸣
可望不可即的人儿啊
不再想错过

谁来为我摆渡
单薄的灵魂
只渴望乐音
消逝于过去的哀思
如幽灵般缠绕我身

你像蝴蝶
抓不住
砂石击穿玻璃
破碎我心的箭矢

嘶鸣的啸声

掠过心中

2022 年 10 月 1 日

第三辑 半纸书笺

## 痴

日月更替了

雀悄悄飞离寒枝

锥尖刺入我的心里


恒常的等待


蒙眬泪眼是我的海

浮尘漂游

天星的一角是昏眠

渺烟随空

诗歌韵脚是雀的欢跃


苍松枯败


只恨痴情的人

吐不出拒绝

你眼里的因果

火光正潋滟


篇文切切

引叙纸笔

自作多情

胸口的痛

是故人的痴

2022 年 10 月 1 日

## 红色的冬

狼

在青涩的草地

叼着一只灰兔

风似刀割来

而她在其中寻找一个吻


橘黄的桌面

悄悄的风在撕扯着

仿佛能嗅到归暮


你是一只纯白的蝶

而我，是锈迹斑斑的肺管


染叶罗红

宁嘴唇干枯

离脱棋手掉阖

参悟个中滋味


流离梦境不见踪影

醒来却知方才虚妄

凛冬一束光

折射木制的暖融

我的双手
有永恒的悲伤
我需要你紧握它们
送来熏风的赞歌

撕扯灰粉色的耳蜗
为了取暖而贴近你
你会放弃自惭形秽的我吗

从寒冬中归来
你会了然我的渴慕吗

2022 年 12 月 5 日

# 浅　　丘

白郊闪烁砂石
眷鸟点缀天空


有你在，我就不用写诗


上古遗落千卷
编织我的纱裙

溯生辰名讳
记千世万秋
鸟兽虫蛾


缘起生灭
无处吟诵
你是白沙边的爱人


让我的等待
驻留

2023 年 9 月 11 日

# 惜　别

将希望的纸片一片片藏起

将片段的印象一封封邮寄

换来了注目

或许是一种可爱的缘分

或许回信太过匆忙

一个拥抱

洗刷了浓得化不开的忧愁

行走在草地上吧——

把昔日轻快的脚步拾回

才发现走过了长路

喜欢挤在热闹的巢里

我腼腆地看向你

发现你并不介意

有缘同程

寄出纸片

连接岁月与震荡的一颗心

欢喜有你

2023 年 4 月 7 日

# 漫　漫

五十又五温柔的风

绿茵茵的草地上情侣牵手漫步

夕暮纯洁的粉蓝

一步，踩着一步

漫步在河中


手捧一掬清水

吻了谁的柔波

束了青苔

悠悠


那画笔落

那轻歌哼

那温顺的白兔

那擦肩的眸


请像盯上猎物那样吞吃我

摩挲

却道是一场清风

你路过了我

漫漫路的尽头

慢慢地错过你

我消耗灵魂的剩余

我慢慢地走过

看不到尽头

切肤的痛

我知道对于你我是淡淡的影

开始厌烦了，抓狂了

江畔的风

好失落

路看不到尽头

2023 年 3 月 10 日

# 天　青

赤色的蝶与青天

雨滴轻轻落入你手掌

是顺遂的痛

不过旧日肩膀


黑暗的隧道

你为我撑起伞

拥我于硫磺落雨中

黑暗催生出的青芽

盛开在谷底


欢意是天赐

相伴不忍相知

愿平安顺遂

无妄知意

2023 年 9 月 8 日

# 惋 念

料想着浮世坠落

急迫，抹杀的空中楼阁

空求一身浮名

长发在风中飞舞


绿皮火车在暮色中飞驰

是一场终末的旅行

老旧的城市

猩红火光明灭

少女唯美的幻影

在过重过轻的色彩里聚散

弩张的弓箭

在时光里颓败


少女的赤足

沾上沙砾

她的手

摩挲雕花的围栏


少女的裙摆

被风鼓起

我只是轻轻望着

心已经稀碎


请指向我的额头

我在风中默念

那是将逝的美

我不敢听说

2023 年 1 月 16 日

# 路　　途

在白色的花圃里
戴花环的少女
满天的飞鹤
我为何被驱使?

关于生命最冰冷的真相
在零散的笔记本里
双手捧上花
为劳累的母亲

生命是歌
我低低地唱
有涓涓细流
也有刀光焰海
止不住眺望

世间的美好
涌向无知的眼
何处遗落了花
有不尽的征途
请让我躬行

第三辑　半纸书笺

2023 年 3 月 5 日

# 碎片阳光

我揉了纸炭

湮于窒息边缘

原来斗争反抗于荒野

没有人等候

消没了眼眶


矫揉造作的语句

逆刃锋出的决心

化作穿心之剑

沉没于光与色的黑海


旧句火焚

化在高天

能握住的枝条

能告解于荒野


乐于回忆青春

乐于观赏鲜活的个性

孤星的钻石之心也会融化

融化在断断续续的语句

没有温柔的明天，但有我的双手

把持自称寒冬的荒野

滴入吧

随波远走

2023 年 3 月 1 日

107

## 花束逆行

胡乱意象在我脑中闪跃
似有千言万语要倾泻
却消灭在嘴边
隔岸烈火高涨得失了眼底
有人苦苦哀求
换来不屑一瞥

有千帆带走过往尘土
窗边的少女朱唇未启
却被黑暗吞噬
这是怎样的一个世界呀
不让人如愿
充满强求
我却安得一隅

有光静静行走
在歌者的边际
有无惧的光照射
它会行至世界边缘

默默地照

笑一心者的蠢

无色光阴染黄纸册

指隙切开光路


你持着伞静静凝望

与我共舞吧，亲爱的人

避免我的无私

一起笑浮世苍姿

轻轻攥握闪耀的指圈

你是我半生应允

时间之途你在哪一站

午睡的荷醉于朦胧的光线

你在我身旁我没有察觉

你带着鲜花走来，我握着一颗心眺望

但愿那个瞬间

我不要望错你的脸

2022 年 9 月 10 日

第三辑 半纸书笺

# 车　　厢

那是一个诗句

我没和你提起

寂静的车厢，寂静的海

树影绰绰


你

背上明天的包袱

跨过夜晚的城町

我的手抓住一团赛博温热

看着你的眼睛


如果终点站是诗句

21 克的爱

沉默笃行


我像天边的树

你像乌云

2023 年 3 月 13 日

## 醒

我终究败给我的光明
我那稍纵即逝的光明
画者的笔刺进嘴里
升起鎏金的目光


现在我要
融入无边的广袤
消融了爱丽丝的幻影
拥住蒸发的泡沫

狐瞳闪着小鹿的捷影
琅琅书声的手笔
你的笑
融进醉梦里

2023 年 2 月 22 日

# 幻　　野

我亲爱的无处抒发的玫瑰

迷失在了荒野里

满地的枝条

满地的落灰

灵魂的航船

谁举起火炬


风雪

喘息

举起火炬


那团风雪燃为树枝

那是我的语句

不在乎任何认同

雪青、灰蓝，起司、马尔代夫

把我的眼睛点亮一些吧

是我寻求的柔软


我读懂放肆的诗

谁在妖火里被寻觅

谁在陌生的海洋沉眠

既疯又傻

是时候去混合句子
去扫荡春日
那是新生的牡丹
在你我的花园

那是孤影
打着雨伞
流下不会停落的雨
矫揉你我的相遇

把心稍微抬高一点
把幻觉全部吐出
有你的夜
我过不了一个寒冬

2023 年 8 月 8 日

# 虚　拟

虚拟霓虹里飘荡

熟稔轻咬蛇果

接住电子樱花

霓虹灯牌闪烁

雪白的假象


幻梦之扉

神灯奇旅

映触虚拟的面庞

幽深的图书馆漂浮在时间之终

藏着每个生命的历史之书


海平面倒流着泪水

捧起枯白的头

映射镭彩

春枫的幻海倒映琥珀

执剑的旅人呕出海螺


思想的幽深

忧郁的眼睛充满污浊

鸟笼割拦天空

手指轻触

失望地将一切合理化


耳鸣过后，是虚无

2022 年 9 月 4 日

# 电　子

方圆间电子跃动的波浪

像一张网束缚住人

深渊镜房映照出无数身影

望一望

你在哪

狂乱的节奏还有被遗忘的时间

我是否生来就有了蓝图

在金色海洋回荡

秋日的旅人路过沙地

在冬日之前到达了彼岸

交织命运的星球

会害怕死亡

无机质镜子碎裂的声音

仿佛在星际飘荡

看见繁星，脱离星系，越过奇点

困于方寸之间

我的眼睛能否逃离电子的海洋

在虚无的快乐中吟唱

　　　　　　　　　　2022 年 11 月 8 日

## 电子爱情

我化作你的眸

垂泪的篇幅

水畔的人儿

抱憩枝头

我不敢忘却

却也满目迷雾

落满城市

金沙之勇

被迫的歌

我的灵魂一无所有

却能在撕裂的边缘做个窝

放弃巨大的空间感

广袤的孤独

挤入赛博城市

朝拜赛博洪流

新定义的人类

机械的蛹

却也道诗歌不死

不堪

如若终有

2023 年 3 月 2 日

赤脚的少女

# 遗　　忘

将痛苦抽离　数字躯壳

谎言之外　漠河屈朽

请别夺走　我跳动的血色

让我带着刺痛　走向长路

眼中留有　天青的色彩

我歌腐朽　永不离开

蛛网纠缠　白云细密

恐慌奔逃　形影相随

轻轻将你　锁进抽屉

纠缠一夏　失败的痕迹

撒下花苞　遗忘暮流的赤色

幻梦已终　结束的画面

让存在的到来　摄取心安

2023 年 7 月 18 日

## 波 斯 菊

我在呼啸精炼的语句
妖艳生长在你的脸睑
夕阳洒落作你的裙摆
始终禁欲的唇
敛一朵花的败

早晨醒在你的臂弯
夜晚吃进你的溃胃
我始终喜欢那蓝啊
未开先衰败
像任性的孩子
像独长的原生花

始终摘下——
摘下
那花被禁忌的手
二元波次的独数行列
锁进了结里
那条路被卷起了——
忽闻熟悉的声音

2023 年 4 月 13 日

# 黄　沙

朦胧的钟声敲响一天最后的暗语
素罗衣，女子覆尘
行于大漠之中
月光带走了热量
她像千古那样被抽干
映在古老埃及的沙里


没有人知道她远渡
没有人问起她的行踪
没有人在她死后为她造一座墓碑
只是因为死亡啊　太过残忍
拨去婴儿的褓褓
在古老漆黑的夜里，奏乐


冬日已至，我提起画笔
在我空白的人生里画上一笔
点彩
有骆驼会背上山脉
梦中的灰霾葬送昨日的秘密

我希望

有梦已逝

逝者安宁

2022 年 11 月 16 日

# 蓝　　白

寄予暮色

牙杯上的蓝

如枯枝败叶

雾霾白是个染桶

倾染整座城市


有人荡涤尘世

金瞳灼灼

带走孩子的不安

堆砌殷绸般的头发

僵硬的笑脸

钥匙，藏在阁楼里


专属于你的书籍

牙具星星点点

缀着蓝色

水缸是混浊的

里面漾着雾霾白


在梦醒之间

夹杂着你的轻吻

这座灰白的城市

有你的蓝

我不再孤单

2022 年 10 月 10 日

第四辑

倾倾何愿

# 执　笔

我没有大把岁月可以挥霍
重影碎波的日子
倒映向天空走去的渐近线
我触摸海草，却坠入迷茫

金鱼似的我在霓虹灯下游走
他有了一切
他对我置之不理
迷想坠入灯火的那一刻
在月亮上行走

耳机线是掌心的纹路
合上眼，随流星坠落
吹着风在高速公路
流霓象征薄暮

抒情歌拽下我的眼睛
不堪言辞，灵光一闪而过
接住跌落的书籍
网格组成透气而有节奏的阴影
明媚笑靥却遮盖了眼眸

“无可言矣”

心脏喷薄彩虹颜料

沾透诗稿

画笔折落了

留下颓废的一笔


无人的下午

我独自消遣

2023 年 2 月 24 日

# 笔　墨

有千万种方向

但我只有一个

笔墨狂乱

书意丹青却眸落凌乱


无形的桎梏框定流水

笔墨落入四方的陷阱

低垂攥紧纸愿突破纷扰的困境

自讳无才而吞吐纸墨

木偶奔戏


冷笑自己的无知

浮愿环绕

却卑纸下操行

恕我天生反逆，愿破人间腐朽

作新世之歌

　　　　　2022 年 9 月 18 日

# 沙　　滩

冷枫剥落高傲的风

将春的天空落下

银色金河抖落碎片

我却沉溺在其中


金色的泡泡回升

水波漾在迷茫的瞳里

我抱着满怀星河

自视不凡的心

挣扎凌迟


挤出字句

飞鱼跃入海中

孤单的小孩

拾遗星星

2023 年 2 月 24 日

## 迷　醉

我想在阴天的雨地

抱着你零散的灵魂

像雨后的赤狐

浮光掠影经过抽象的湖面

夏天是你发光的瞳

是高天的鸟笼

用我的血液为他铺路

慵懒的华人街道

渴睡下午茶的迷梦

谁在意那网？

本就是肆意舒展的猫

零碎的阳光捕手

2023 年 2 月 22 日

# 星　尘

我浅涩地踏进
未知的领地
高大的狼王来迎我
把我拥进怀中

我失足掉进糖水中
却发现王国
可爱的蜂王和工蚁
招待我

浅灰染上一抹橙红
绛紫淡去转为青黛
多么锋利的山
可它抬升我

把我封闭的耳朵贯通
把我紧闭的眼睛点起
把我深埋的心脏激活
看见人间处处
灯火

不荒谬刹那的星辰

却把迷茫诉说

独自的夜里

想为你停留

2023 年 9 月 23 日

第四辑 倾倾何愿

# 自　　由

将自我的内在解构

挤出泪滴

纯黑的果核

嵌入白夜的晚星

纸墨

揉碎的宣纸

零碎的话语

凌乱的耳机

碾碎

封存

强聒

偏离的本心

在近地轨道上爆炸

缓缓反推旋转的卫星

我的内脏变成宇宙垃圾

2023 年 5 月 13 日

# 星　　空

挽留

黑暗中旋舞

由原色小点构成的世界

掀开窗帘

激起飞舞尘屑


被束之高阁

透明的塑料布

隔断

生命之河


是有意为之

俯卧耳听八方

时间仿佛静止

不曾流动的时间


永恒之刻我在思索什么

星空长河早已存在我心中

只等着炸裂


等到流光易逝

大气层被剥离

破碎的地核被吸入发狂的太阳

静默地爆炸

一切归于寂静

唯有星空长存

2022 年 10 月 27 日

# 叶

我听见树在呼吸

树冠在空中曼舞

仿佛点彩的叶子

我听见宇宙的呼吸


暖融融的提灯

封印着叶面的脉搏

千万朵玫瑰袭来

洗刷我的自尊

笔记本压了太多心事

在窗边　我振翅

辗转在世俗与寡淡之间

不断变幻的侧脸

我求世俗里的强聒

我话不存在的歌

星辰会凝结你的泪水

回荡在虚空之中

2022 年 11 月 1 日

# 茧　蛹

行走在天空的余波

荡起辽远的涟漪

向着天空坠落

坠下的高度牵住你的手倒转旋舞

优雅的舞步

哀叹无用的期待

断开脐带

曾经吻过的纯黑的玻璃石

剥开了

舞鞋轻点

隔岸观它

像一座邈远的城

我的手指镶满星辰

星空填满我的内里

流水洗濯

洗濯天空

我的手指布满星辰

远去吧

无妨

2023 年 3 月 28 日

# 归　悟

他们说让未来

替我掐住他的咽喉

我早流放于此

不知何处是故乡

归来院里三千尺

红铜万璃皎魑魅


当丝线交织

能否放生它

哀伤的耀钟

牵响华章

万里的孤独

刺心之锥

盼明月

割裂眼眶


盛夏的果实落进发丝

虚空的摇滚乐曲

奏狂

你手臂上的间奏

撕扯我的心脏

群鸟的磁极归于南半球

夜空静静地旋转

但愿星星落入我的裙摆

滚裂的盛夏之曲

似铁蹄踏碎我的身体

我遇见群星

但是你何在？

我书写原始脚步的桥段

等着风，归来

2023 年 5 月 8 日

# 祂

那不可描绘之物啊

是繁星下的烟火

是雄鹰长啸

是少女的梦境

是老艺术家的烟斗

它超越星辰

连接你我的手指

割断所有操控

它是舞者的眼泪

是叛逆的少年

像午后的蛋糕

截摄高天的流彩

照亮每一寸阴暗

可悲的是我

看不见双眼

却有资格在夜空起舞

赞美那不可方物

2022 年 12 月 16 日

# 阳　　光

我点燃思绪的线

灰飞的虚荣心

始终为人所困

逃不过自己

静坐直待暮色，借笔斜阳

灰色的眼睛消退

却仍在光中忧郁

我不追斜阳

不慕隔世

凡此思绪

四下无有

栗色结茧

仰望

无人之境

2023 年 2 月 22 日

# 腐 生 花

想象我的四肢百骸变成泥土

长出小草和花

他们吸收我的养分长大

茁壮生长

又枯败如流

它们会吸收我的思想吗？

它们会变成特别的颜色吗？

想象我的身体变成小兽

没有什么能持续到永恒

又有什么能被永远铭记？

普普通通当一朵花

不被摘下

在星空下生长

2023 年 6 月 6 日

# 离　　川

似悬而未决

空明如镜

未曾料想的亲密

雪厚其寸


背向镜碎的沙滩

吻刹那灰度循环

罍罍蘷蘷

星河里空抱


是时候收回痴情

向着星河，向着春川

看着我的介怀

我将失去满怀失落


恼才华有限

倒是剩却恼恨

飞逝的纸页

谱写没有你的华章

2023 年 3 月 19 日

# 破　　雪

我一步步没入雪里
那高亢的诗
那渴慕的歌
刺入脑海

漂泊在时代的背景
破而后立
脱离悲戚的茧
化为焰蝶

我知道，我知道
那厚厚的雪
我知道，我知道
那旧日的霾

终是道不明晴朗的天
哀陈一些广袤的暮
把新月裁在天
终融化了雪

看，那是满月

披着星的浪漫

展开诗篇

2023 年 3 月 2 日

赤脚的少女

# 日　乾

伸手摘下圣甸的晶莹果实

为执笔的虚妄自艾

用力敲响

命运之钟

不懈的滴水

紧闭的孔庙

细密的绳圈

衷心的守候

发疼的冷风和潺潺流动的话语

请赐我

一场圆满

我无意成为世俗的笑料

也无意冒犯静水的洄源

要紧紧抓住流光中的确切

这是压力，这是挣脱

这是我全心祈祷的歌声

请听我微渺的话音

请赐我一场圆满

用来折成飘落的花朵落在

素来爱我的人身边

请挣扎，挣扎

在旅途的终点

会与胜利相见

2023 年 5 月 19 日

# 瞬　时

倒挂的新月

顺着天穹行走

雨坠成了硫酸

飘渺的你

化成时间之沙


黑白波动的鼓点

折叠时空

倒计时在加速

眩晕感累时增加

嘶吼

把最后的机会折灭成光点

全力伸向

那颗星


巨龙盘卧

破溃万里

碎裂的雨

独挡千军

亲昵的吻

割破了我的唇

寂灭的血点渐渐拥簇

羽刃为光

斩破穹华

2023 年 6 月 5 日

## 蜕变之路

低哑生长

生命之炬若星灿烂

汗水是成功之钥

禅意静园

展翼的和平鸽

钴蓝的湖面轻吻沉睡的眼睛

沉入星空

唱作的诗人

醉倒在卡拉瓦乔的苍白双臂

穿越万心的共响节律

温柔地牵起手

光影之色浸润万物

我寂静之殿的空明

前进的舞蹈破开万物

焦曲的灰烬中

绽出智慧之花

我是大卫手中的刻刀

铺就以痛苦为砖瓦的

蜕变之路

2023 年 6 月 22 日

## 微光眠曲

霍金辐射
我是你撕裂山河得不到的星光
我是你在沉默叹息中的颤音
我是你丢弃的火光

现在是时候直视我
将柔软抛却
将黑暗铲平
你寻觅的我
在胞肿里发烫

是时候冲破现实
在灰黄的现实斩上鲜亮的一笔
我是柔情似水
我是狂妄去留

只是在笑容中写入了更多内容
你失而复得的独特面庞
在沉默中寻夺

给我一抹鹅黄

一抹碧蓝

在黑暗中点起星天

化成我沸腾的心脏


是多么混沌的可望

是多么可悲的期待

去做注定错的事

去异海徜徉

2023 年 8 月 5 日

## 惘　语

你漆黑的骨掌
深藏的爱心
在异海之中
飘荡

我合掌轻喃
请万世流淌

刹住你的行装
于黑暗中迷惘

我要的不是窈窕
是破军的勇气
那蒹葭苍苍

我于万世停留
我歌草流卑长
却是信了人言
拿针尖捅破荒谬
将渺小之姿流放

那不是晚秋

是一场盛放

待你我归时

目视前方

2023 年 8 月 5 日

# 她

围绕着回旋的风物与诗歌

圣庭的少女似能搅动春风

把我金黄的喙纳入口中

是玫瑰与落水

写给我一首永不终结的长诗

把我的破败囊进怀里

是那粉色的花与蝶

是那终究失落的心动与期盼

在石子棋盘上入睡

梦里倒映着璀璨星河

愿她有破军的勇气

愿她永不被装点的糖果奴役

那粉色的花与蝶

是重重蛛网下的温柔

赐她长刀斩破诱惑

赐她晚归的路程

踩着金黄的碎片

宇宙永远沉默

它创造高昂却甘愿沉默

有王座上的帷幔

和苦笑的甘果

我是如何一步步驶出伊甸园的?

或许是染缸中的诱惑

是不及的错与痛

2023 年 8 月 15 日

# 休　　憩

走入无尽的生活

厌倦了焦急等待

盛起湿蓝浴室里满溢的担忧

在云端漫游

却步步停顿


那膨胀的肥厚心脏

把地核埋入火海

折败的蝶

剥离的手掌


垂入赤红呼吸的雪原

我心流离的死亡

恰如冷血

也不如慌忙上演的戏剧

数字瞳孔

从流离中走出，触摸现实


那玻璃渣

那虚实的田野

走出眼眶

树影惶惶

只愿吞食那果

2023 年 5 月 13 日

第四辑　颀颀何愿

# 糖

我的悲伤执笔而写
那悄然沸腾的孤独
跟着黑色的河流
蔽日繁星
闪躲的眸

你把毒酒兑糖喂我喝下
还要我生出美丽花朵
请让我敲击你僵化的脑壳
我不语那江河湖泊
或许是对自己的恻隐
贯通肠腹

把那焦黑的蝶捧在手中吧
世间之歌全然不完美
却颂吟成珍藏
我的笔墨不适合在棺中闪亮
她像活泼的孩子
会死亡

且听世间众生低语

把荒凉事作绝唱

我吹颂清风

为你歌唱

2023 年 9 月 8 日

## 绽　　放

无法谱写的

击碎了灵魂

找不到碎片

抛开框格

赋予惶恐


逆着潮流绽放

顶着无法被定义的愚勇

生出花

生长为绿树的依托

寒冰流淌

将歌曲拦阻


你好，我的造物主

我在心里与你见面

我们共有灵魂的房间

我们挣扎破碎在流离的高维空间

但我看见你

温柔的手

出尘入世

将最平淡的狂妄镌进陶土

我将要出发，我的造物主

我将会沉落，将会迷惘

但是 1999 年的春

你曾告知玫瑰孱弱的心脏

舞曲停歇在我们交心的早晨

我知晓那错误

也曾迷失

给我一个早晨

造成无法证伪的错

见一个美人

捞一壶春

希望万物死在你的微笑里

我苦等你的到来

2023 年 6 月 6 日

# 焦末

为生命献上一支歌
渺小而动听
是喜悦的期盼
再将河流调度
给安睡着的他

仿佛枯马画皮
一枝点杏揉碎盛夏
换来难以启齿的晚冬
他交给我一些浪漫
还有一些忧愁

是否在听？我的爱人
今日供你休憩
明日轻装出行
我想承担那苦
奋力直到最初

2023 年 8 月 23 日

# 秋　日

无数谬误沿着漆黑斑驳流下

形成我眼中的荒唐情景

夏日是青春的忧伤

是晨曦的治愈

挽起他的手

陪他暮暮向晚年


命运会垂下柳枝

接住抓着蜘蛛丝上攀的贪欲

我的泪断成了桥

却看不见昔日惘语

顺势而为吧

畏惧微小的颤抖

把绝唱放下


想在秋日翩翩奏响世纪的曲

金箔蒙住我的双眼

却也没有温柔的过问

我轻轻亲吻

我们刚刚的奏曲进行到何章?

错将善意流放

你的瞳孔如此模糊不清

攀附我的脖颈

指尖淌下泪滴

告诉我疼痛是何意

随我坠入地底


那双手掌

递来何处的安心

只想在透明的海的背面

和你一同安眠

且说那渺小的流放

是我颤抖的瞳


陪我痴傻

陪我走过千秋万月

铭意疼痛如血

对望遥不可及

斥意

越叶生情


我启航了

在渺小的命运一端

流露出泪的指圈

封锁住你的情

遥远的月

偏安一隅

2023 年 5 月 30 日

# 幻　梦

小船飘飘

黑色的河，顺流而下

拉扯住的风帆

轻轻飘过你的眼里


在逆流的河流

交错而过

镜碎于楔

面对模糊不堪的你我

把白日的幻想逼为轻哼的歌曲

锁链如此疼痛


将摘落的星星放回吧

今日你的低垂之语

不会击落明天的我

为黑发绘上浅灰

阳光破碎为璀璨的散射


怀里的赛博低语

却绕过心脏痛击我的软弱

白日幻梦是那么璀璨的星球

小树长高

感受到自我的存在


我跟随着

呼吸，呼吸

这没有结尾的终曲

只埋藏在光里

止住呼吸

2023 年 7 月 3 日

第四辑　倾倾何愿

## 紧　　握

轻轻掩盖的瞳

合上厚厚的故事书

在幻夜中阅读抽象

在幻梦中沉入蓝海


轻轻一声叹

古堂旧忆中照进夕阳的教室

相机把当下定格

却不忍截流


心痛的诗句

终究抓不住存在的洪流

自我如蜉蝣

内里藏宇宙


星系像被组织好的蛛丝

在脑内闪耀

一声哂笑

把我拉回舞剧


轰鸣的火车遗落白玫瑰

就让我漂泊在宇宙里

紧握微小的自我

斥诉遗落的繁星

2023 年 7 月 3 日

## 暖　意

金蝶引诱孩童深入

绮丽醉人的花园

将内心的歌深放

时间像小船

驶入灼目的隧道

蛰伏的茧感应到光的召唤

来应我一夏


这陌生的悸动

归屋鸟巢的木色

不愿承认这甜蜜

我把画片映射

每时每刻都在死亡

却失去悲哀，蜕出新的自我

天鹅俯下它颀长的颈

告我四下无春


将闪亮的宝藏收敛

融入我的肤

处于时间的风口浪尖

望见满目沧桑

却有不灭的歌

有枯皱的手

有亲切的母亲

抚摸我满带创伤的心灵


小小的欢喜似在原野

风带来波浪

吹拂头发

在暖意里

2023 年 5 月 1 日

# 蝴　蝶

漫天花瓣被播撒

少女身着盛装

踩着节奏

追夏末的宴请


空虚的手腕

难留时代与真心

与他共舞

在将晚的天空


那朵粉色的花盛开了

被蝴蝶簇拥

深蓝的颓态

将四季辜负


且舞一曲吧

白金与透蓝的城堡

小心翼翼点醒它的生命

她的睫毛如羽翅颤动


有蝶悄悄飞舞

把信封捎走

带来何日的口信

且稍作停留

2023 年 8 月 15 日

## 想　往

跃入天边的彩虹

山水画如梦境

植进我虔诚的心里

雍容词藻困住野兽

在胸膛共鸣


溪流挽起裙摆

她表露出火花

我在真与丑之间抉择

拥抱肮脏的躯体


若星星坠落

流云是臂膀

城市受困于群山

有碧波荡漾


谁执掌生存

离歌如古曲

谱写万世温柔

拥入虚幻臂膀

她站在门前

门前山烟迷惘

我奔向明日的列车

困苦不再想往

2023 年 11 月 17 日

# 父　归

深山采莲，踏河为渊
父挽子手，倾倾何愿

四处寻觅，不见鹿影
归来何时，灯火留驻

日晒月照，孜孜进业
负重涉远，采莲而归

浮名浮利，何时终了
固守本心，万帆踏过

余光过处，叹惘生息
友如莲瓣，环环相叠

子待父归，遥遥生愿
亲情永驻，不畏阑珊

2022 年 6 月 7 日

# 时光的长影

慈父慈母对着我笑
但他们仿佛在后退
我梦见我哭着追
追了很远很远

落下的纸片，角落的蜘蛛网
他们的腿脚逐渐变得不方便了
我想成为他们的手杖
他们有时，很累很累
我愿为他们遮蔽风雨

我害怕离去
怕有一天，看不见身影
我从梦中惊醒，他们的影子
拉得很长很长
我才发现我们之间岁月的距离

当你们走得越来越慢，越来越慢
眼眶盘虬，瞳珠却永远明澈
互相映着对方的影子……
那是我不忍揭穿的晚秋

我永远眷恋，却不忍揭穿

岁月的秘密

2022 年 8 月 11 日

# 家

流浪者的孤岛

落下寂寞的画作

渴望有个家

便有夫妻应许

撞破荆棘

诞下一女


模糊的影在摇荡的芦苇下

榕树垂须

河流更替

当年的三角梅已经化为虚无

挺拔的路灯下，有两位老人

那双手捧起橘灯

温暖着谁的手

我接过那光明

却不知所措

他们越来越像祖父祖母

羞于启口的弦音

扶着他们的手漫步在时光边缘

无数蒲公英籽，颠沛流离

我那把伞，有一天少了两个人

那是有限的相遇

却通向无限的怀恋

刻在他们身上的伤痕

没有言语

纸笔的散落

留下几个字

没有一句离开我


恨我无才

没有足够多的笔墨描绘

我放下所有

在高阁讴歌

夕暮中

却只剩回声

2022 年 12 月 24 日

# 人　间

当我穿过枣林

看到人间幕布掀开

众生万家种种

为你叩响家门


行迹烟尘

为了那抹红

看万家灯火

或明或暗

是人间之歌

他绘众生图

他观万世苦

沧浪攒动

荒唐入梦

世流波动如大地颊上一滴泪

知味入梦


当我再次醒来

窗边云海，夕暮

无尽牵引我的温柔

洋流波动漫入我的眼

不知何处的颤抖被纳入怀中

安稳如梦


当脆弱的灯塔倒下

在洋流中

我让双手举过头顶

风是我的信使


愁苦人间一遭

探寻一丝光明

将泪水串成项链

又如屋檐下、苍松上的凝冰

亲临城下

——轻叩城门

2023 年 8 月 26 日